LAGRANGE

DU DIABLE

AGEN

F. Bonnet, imprimeur, cours du Pin, 14.

1865

A Monsieur J.F. BLADÉ.

LA GRANGE

DU DIABLE

par

AL. DUCOS DUHAURON.

Aut. Lith. Desirilhes à Agen.

1866

LA GRANGE

DU DIABLE

42439

(C.)

LA GRANGE DU DIABLE

I.

Jean Barthevieux, fermier d'Esclabanons,
N'eût pas donné son sort pour cent canons,
Tant sa récolte allait être abondante.
Ses grands blés mûrs, chargés de blonds épis,
Couvraient ses champs d'un splendide tapis ;
Son cœur sautait, sa joie était ardente.

Dix moissonneurs, de besogne accablés,
Avaient fauché les trois quarts de ses blés,
Lorsqu'une nuit — nuit terrible et cruelle ! —
Le feu du ciel sur sa grange tomba.
Comme elle était de vieux bois, tout flamba,
Sans excepter une seule poutrelle...

Ah ! qu'il est dur de passer brusquement
De l'opulence au dernier dénûment,
Et de la joie aux chagrins les plus sombres !
Pâle, interdit, tremblant, Jean Barthevieux
Fut tout un jour sans en croire ses yeux,
Ses yeux fixés sur de fumants décombres.

A l'évidence enfin l'infortuné
Dut se soumettre : il était ruiné !
Car sa moisson, fût-elle encor plus riche,
Livrée aux vents, à la pluie, aux brouillards,
Faute d'abri, vaudrait-elle deux liards?...
Que n'avait-il laissé sa terre en friche !...

Quant à bâtir, bâtir à chers deniers
Une autre grange et de nouveaux greniers,
Le pouvait-il? Était-il en mesure?...
Son blé, d'ailleurs, serait anéanti
Cent fois pour une avant qu'il eut bâti
Pour le loger la plus simple masure !...

Si sur lui seul eût frappé le malheur,
Jean Barthevieux, robuste travailleur,
Se serait ri de cette épreuve amère ;
Mais il avait femme, enfants sur les bras ;
Et de nouveau, pour surcroît d'embarras,
Marthe, sa femme, allait devenir mère.

II

Trois jours après cet incendie affreux,
Il cheminait, seul, par un chemin creux,
Un soir, en proie à sa mélancolie,
Lorsque, dans l'ombre, au détour d'un hallier,
Un inconnu, d'un aspect singulier,
Vint l'aborder d'une façon polie :

— « Je vais, brave homme, au bourg de Saint-Germain.
» Enseignez-moi, s'il vous plaît, le chemin..
» Dans ces taillis aisément on s'égare... »
Jean ressentit comme un frisson d'enfer
Dans tout son corps. — Un manteau gris de fer
Enveloppait cet étranger bizarre ;

Un plumet large et superbe, ombrageant
Son feutre noir, tout galonné d'argent,
Lui donnait l'air d'un hautain gentilhomme.
Quant à ses traits, l'obscurité du soir
Malaisément permettait de les voir ;
Mais ils étaient peu rassurants, en somme.

Ses yeux lançaient des éclairs sans pareils ;
Et, par moments, deux sinistres soleils

Semblaient briller au fond de ses rétines.
D'informes gants dissimulaient ses mains.
Ses pieds, plus courts que tous les pieds humains,
Allaient se perdre en d'étranges bottines...

III

Jean, tout d'abord saisi d'un vague effroi,
Sut recouvrer cependant son sang-froid.
Rien n'annonçait que ce haut personnage,
Eût-il été querelleur, spadassin,
Fût animé de quelque noir dessein.
Il était las, et semblait tout en nage.

— « Mon bon seigneur, vous êtes étranger,
Dit Barthevieux; « Je puis, sans allonger,
» Prendre un chemin qui soit aussi le vôtre. »
Incontinent, dans les bois assombris
Le campagnard et l'homme au manteau gris,
D'un pas égal, entrèrent l'un et l'autre.

IV

— « Par la sembleu ! je ne te tairai pas,
Dit l'inconnu, ralentissant le pas,

» Que je serais bien curieux d'apprendre
» Ce que devient ce malheureux fermier,
» Ce Barthevieux dont l'orage dernier
» A, m'a-t-on dit, réduit la ferme en cendre.

— « Eh ! Monseigneur, ce malheureux, c'est moi ! »
Dit Barthevieux au comble de l'émoi ;
» Je laisserai la misère en partage
» A mes enfants... Dur et sombre avenir ! »
Un long sanglot, qu'il ne put contenir,
Vint l'empêcher d'en dire davantage.

— « Un vieux hangar que la foudre a brûlé,
» Est-ce un motif d'être si désolé ?
» Ne vois-tu pas que ton sort m'intéresse ?
Dit l'inconnu ; « Je suis riche et puissant :
» Je puis, d'un mot, — car le cas est pressant —
» Te relever, sans que rien y paraisse. »

— « Mon bon seigneur, quel bienfait ce serait !
S'écria Jean ; « Que Dieu vous bénirait !
» De ses bontés, vous, le digne ministre ! »
Tandis que Jean de la sorte parlait,
Son compagnon, baissant les yeux, tremblait
D'un tremblement formidable et sinistre....

Mais de ce trouble il revint promptement :
— « Oui, Barthevieux, je puis facilement
» Te reconstruire une grange : Que dis-je ?

» Elle sera bien plus belle qu'avant,
» Telle, à coup sûr, qu'on n'en voit pas souvent :
» Mes gens pour toi feront un vrai prodige.

» Point de retard ! Maçons et charpentiers
» Vont, dès ce soir, s'y mettre tout entiers.
» Ils déploîront une ardeur si touchante
» A t'obliger, que, dès demain matin,
» Ta grange — il faut le tenir pour certain —
» Sera bâtie *avant que le coq chante!...* »

V

Jean Barthevieux, au comble du bonheur,
Voulait tomber aux pieds d'un grand seigneur
Dont la puissance était si colossale.
— « Debout ! brave homme! apprends-le sans détour :
» De toi j'exige une chose en retour
» D'une faveur qui n'a guère d'égale. »

— « Noble seigneur, parlez ! commandez-moi!
» J'avalerais la lune, sur ma foi,
» Pour vous servir, tant ma joie est profonde!
» Fasse le ciel un jour... — Silence donc !
» J'entends, je veux que tu me fasses don
» De ton enfant qui va venir au monde. »

VI

Du campagnard tout le sang se figea...
Quoi ! son enfant, ce doux fils que déjà,
Sans le connaître, idolâtrait sa femme,
Contre une grange échanger son enfant !...
Entre tous ceux que le ciel nous défend,
N'était-ce pas le troc le plus infâme ?...

Jean, cependant, se prit à réfléchir :
« Pourquoi veut-il mon fils ?... Pour l'enrichir,
» Pour lui donner des châteaux, des domaines.
» Il nous veut tous combler de ses bienfaits !...
» Bonté du ciel, serais-je assez niais
» Pour refuser de pareilles aubaines ?... »

— « Jean, ta réponse est bien lente à venir.
» Je suis pressé. Hâtons-nous d'en finir.
— « Dam ! Monseigneur ! si grande est ma surprise,
» Et tout ceci dépasse tellement,
» A dire vrai, mon faible entendement,
» Que malgré moi je crains quelque méprise :

« Est-ce bien sûr ? pouvez-vous, dès demain,
» Au point du jour, me livrer, clés en main,

» Ma bonne grange en entier rebâtie?
— » Elle sera (j'ai des gens en renom)
» *Finie avant le chant du coq*, sinon
» Ton fils te reste, et je perds la partie.

» En attendant, cette bourse contient
» Cent écus d'or; prends; elle t'appartient. »
Jean Barthevieux, d'une main palpitante,
Saisit la bourse. — « Or ça! finissons-en.
» Me donnes-tu ton fils, bon paysan?
» Crois-moi, mon cher, mon offre est bien tentante!

— « Comment m'y prendre, et quel moment choisir
» Pour vous remettre, à votre bon plaisir,
» Le nouveau-né? — C'est moi-même, en personne,
» Qui le viendrai chercher, au jour voulu.
» Finalement, est-ce un marché conclu?
» Eh bien! réponds... — Eh bien! je vous le donne!... »

VII

Ce ne fut pas sans peine et sans remord
Que Barthevieux, pâle comme la mort,
A ce marché bizarre put souscrire.
Tout aussitôt, l'inconnu s'enfonça
Dans les forêts, et vers les cieux lança
Un sarcastique et large éclat de rire.

La Grange du Diable.

VIII

Breughel d'Enfer, prête-moi ton pinceau !
Quand Barthevieux arriva sous l'arceau
Du grand portail qui précédait sa ferme,
Déjà la cour offrait en son entier
Le rare aspect d'un nocturne chantier
De bâtisseurs bâtissant fort et ferme.

Quels travailleurs, sandis ! et quels travaux !
Briques, moellons, poutres et soliveaux
Tourbillonnaient dans une ronde étrange ;
Et, tour à tour cessant de voltiger,
On les voyait s'unir et s'agréger,
Et par degrés composer une grange !

Il était clair qu'un pouvoir surhumain,
Pour finir l'œuvre avant le lendemain,
A l'impossible osait livrer bataille.
De toutes parts, d'étonnants ouvriers
Semblaient jongler avec les madriers,
Les contrevents et les pierres de taille.

Ces ouvriers, grand Dieu ! quels étaient-ils?...
Assurément, sans des efforts subtils

Vous avez tous pénétré ce mystère :
Chez Barthevieux le monarque Satan
Avait conduit le ban, l'arrière-ban
Des travailleurs de son noir phalanstère.

Dans un profond silence on travaillait.
Comme les gens, la scie et le maillet
Accomplissaient un labeur taciturne.
Nul bruit dans l'air. De verdâtres lueurs,
Sortant du front des mornes travailleurs,
Illuminaient cette scène nocturne.

IX

« J'ai donc vendu mon enfant au Démon ! »
Murmura Jean; qu'une terreur sans nom
Enracinait au seuil de sa demeure.
Poussant enfin la porte avec effort,
Il entra vite, et referma bien fort. —
On l'attendait au moins depuis une heure.

« Pour le souper s'attarder à ce point !
» Si loin courir ! Jean, tu n'y penses point !
» D'où viens-tu donc ? » s'écria la fermière...
Jean se laissa choir sur un escabeau.
Le feu de l'âtre, à défaut de flambeau,
Frappait ses traits d'une vive lumière.

Marthe, observant de plus près son mari,
Soudain s'effraie... Elle jette un long cri.
« Seigneur Jésus ! Qu'as-tu donc, mon pauvre homme ?
» Quelle pâleur et quel œil égaré !
» D'où te vient donc cet air tout chaviré ?
» As-tu pris mal ? tu trembles, Dieu sait comme ! »

Jean ne répond que par un gros soupir.
Baissant la tête, il parut s'assoupir
Dans un sommeil plein d'effroyables rêves.
Par un effort terrible et convulsif,
Il arrachait de son gosier plaintif
Des sons confus ou des paroles brèves :

« Je veux garder mon fils !... Gueux de Satan,
» Ne touche rien à ma grange ! va-t'en !...
» Je te connais sous ta capote grise...
» Va-t'en, sandis ! ou je te... — Barthevieux !
Cria sa femme, « As-tu trop bu, mon vieux ?...
« C'est étonnant ! jamais il ne se grise... »

Jean divagua tout aussi follement
Une grosse heure ; après quoi, se calmant,
Il arrêta sur sa jeune compagne
Un regard triste et tout mouillé de pleurs.
— « Mon pauvre Jean ! conte-moi tes douleurs !
» Qu'avais-tu donc à battre la campagne ?...

» Jean, parle-moi ! » dit-elle en sanglotant.
La bonne femme insista tant et tant,

Joignant les mains dans une humble posture,
Que Barthevieux, vaincu par l'amitié,
Les pleurs, les cris de sa chère moitié,
Lui raconta toute son aventure.

X

Il achevait son récit, plein d'effroi,
Quand, dans le bourg, du haut du vieux beffroi,
Les douze coups de minuit retentirent...
— « Viens avec moi ! » dit, d'un ton aguerri,
Marthe intrépide à son tremblant mari.
De leur logis tous les deux ils sortirent.

XI.

Déjà la grange, imposant monument,
Semblait toucher à son achèvement :
Heureux produit d'un affreux maléfice !...
Cent farfadets, dégourdis compagnons,
Se démenant sur les plus hauts pignons,
Étaient en train de couvrir l'édifice.

Marthe franchit la cour sans sourciller,
Et, se postant près de son poulailler,

Dans ses deux mains, d'une façon bruyante,
Elle frappa ! *Le coq*, joyeux chanteur,
Chanta soudain..., sans que le constructeur
Eût achevé sa besogne effrayante :

Car il restait trois tuiles à poser
Au bord du toit ! — Je vous laisse à penser
Combien pesta le Roi du Sombre Empire.
Avec sa bande il s'enfuit, tout moqué.
A de plus fins que lui s'être attaqué,
Lui pouvait-il arriver rien de pire ?

XII

Huit jours après, un gros garçon naissait.
Des Barthevieux l'astre resplendissait.
Jean, dégagé de son pacte effroyable,
Père joyeux et fermier triomphant,
Tout à la fois conserva son enfant,
Les cent écus et *la Grange du Diable*.

Le Temple-sur-Lot, septembre 1865.

www.ingramcontent.com/pod-product-compliance
Lightning Source LLC
Chambersburg PA
CBHW061739180626
46818CB00006B/2679